그늘을 걷어내던 사람

# 그늘을 걷어내던 사람

박경희 시집

창비

**제2부**

**제4부**

제 1 부

## 참말로 벨일이여

아비는 왜 한번도 안 온다냐, 여즉 논에서 일하는겨? 오째
이리 얼굴 보기가 하늘의 별 따기여. 하늘 깊어진 걸 보니께
벼 벨 때가 된 것 같기는 헌디, 암만 그려도 엄니 얼굴 잊어
부리믄 안되지, 참말로 벨일이여.

아무 말도 못하고 처마 그늘만 만지작거렸다 치매 걸린
할머니가 한번씩 정신이 돌아올 때마다 아버지를 찾는데,
울안에 번개 맞아 쓰러진 향나무 저승 간 지 오래라고 차마
말도 못하고 그저 틀니 빠진 주름진 입안에 아, 하고 사탕 하
나 넣을 뿐이다

# 산벚나무

　법당 언저리 잎 진 산벚나무로 서 있는 내게 주지 스님이 삭발하자, 말씀하시고는 길 따라 내려가신 지 여러달 캄캄이다 달도 차서 참나무 숲으로 기운 게 여러번 눈길 밟아 마음도 득달같이 속세로 달아나버렸다가 미끄러져 돌아오는 날이 돌마당 갈잎으로 뒹굴었다 긴 머리 질끈 묶고 모과나무 그늘에 서서 시린 산 아래 읍내 그림자만 만지작거리다가 문득, 놓고 온 것들에 대한 서글픔이 눈앞을 가리는데 어질어질 산벚꽃 핀 자리로 돌아오신 스님 내 눈을 깊이깊이 들여다보고는 오늘은 안되겠다, 하시며 바랑에 내 설움까지 넣고 또 휘청휘청 고갯길 넘어가셨다

## 그놈이 누구인지

다짜고짜 머리 디밀고 문지방 넘어선 그녀가
그놈이 어떤 놈이냐고 물었다
벌건 얼굴 가득 베란다 깊숙이 들어선
노을이 번지고
바닥 흥건하게 적시며 올라온 백합이
부리 길게 콕, 콕 찍어댔다

동네 할매들과 민화투를 치고 온 그녀가 내민 것은 딸년
볼때기에 달린 혹이 그냥 혹이 아니라 불혹이라는 것, 여직
결혼을 안하는 것은 남자에게 큰 상처를 받았을 거라는 민
화투 토의가 이루어졌다는 것, 삼광도 보이지 않고 홍단도
없는 이불 위로 떨어졌다는 내 얼굴, 오는 내내 내 얼굴만 보
여야 하는데 살구나무집 앞 살구꽃잎이 허옇게 앞을 가려서
그놈이 어떤 놈인지 생각도 잊었다고, 방구들 붙잡고 쭈그
려 앉은 내 얼굴 보자마자 그놈이 생각났다는, 도대체 그놈
이 누구인지 나도 알 수 없는,

# 청명(淸明)

　옻 잘 타던 아버지 산 넘어 가신 지 팔년인데, 옻 안 타는 어머니가 걸리는 것 없다고, 냅다 옻 든 염색약을 머리에 바르고, 하얀 머리 흙 묻은 파 뿌리로 흔들며 방바닥을 돌아다녔다 가볍게 새소리도 치면서, 흘러가는 구름을 가릉가릉 목소리로 가르마를 타면서, 콧노래가 밭머리에 쌓아둔 돼지똥 거름에 부딪치는데, 방구들 귀신이라고 안중에도 없는 나는 뒤쫓아 다니며 걸레질이 바쁘고, 날도 잘 넘어간다고 까만 머리카락 꼬불거리며 한달은 바람을 잘 스치겠다고 거울을 빤히 들여다보는데, 하필 오밤중에 내 온몸에 옻꽃이 피어 환장하는 밤을 보내는데, 뭐가 그리 즐거운지 웃으면서 잠꼬대하는 어머니, 참말로 소리라도 질러서 깨우고 싶은, 아주 진저리 나게 온몸을 긁고 싶은, 구름 한점 약이라면 좋을 것을, 그 한점마저 떠먹을 수 없는 맑은 밤이다

# 그런 봄날

　가수 윤복희 씨가 TV에서 「봄날은 간다」를 부르는데 담
금통에 담아두었던 눈물이 힘없이 떨어졌다 아파 누운 지
열흘 된 그녀가 살구꽃으로 피었다가 살구꽃으로 지고 벚꽃
으로 피었다가 벚꽃으로 졌다 괜스레 가는 봄날 잡아놓고
윤복희 씨 목소리에 쓸쓸해져서 잠든 그녀 얼굴 눈으로 쓰
다듬는데, 길눈 어두운 딱새가 집 안으로 들어 퍼덕였다 그
소리에 눈뜬 그녀에게 부은 눈 들킬까 문이란 문 다 열어놓
고 온몸으로 휘젓다가 문지방에 발가락 찧어 아파 핑곗김에
운 날

# 그대들의 마디 꺾이는 소리

아리랑 아리랑 아라리요

라디오에서 나오는 소리를 듣고 엄니와 숙모는 조용히 아주 조용히 속삭였다 광주가 난리 났다고 사람들이 죽었다고 비만 내리면 물난리가 나는 골방에 앉아 벌벌 떨었다 보이지 않는 관은 태극기가 감싸 안았고 아버지를 아들을 오빠를 언니를 동생을 잃은 목소리는 울다가 까무러쳤다

아부지는 한참을 동네 아저씨들과 내기 윷놀이를 하지 않았고 일곱살이었던 나는 아부지의 구멍 난 난닝구의 치떨림을 보았다 아부지 어릴 적 동무가 일하러 광주로 내려간 지 보름 만의 일이었다

아리랑 고개로 넘어간다

중학교 일학년 국어 시간, 전투기 날아가는 소리에 한 아이가 전쟁이 났다고 장난으로 던진 한마디에 선생님은 성난 군인처럼 다가와 아이의 머리를 수도 없이 때렸다

'넌 전쟁이 얼마나 무서운 줄 모른다'

'넌 전쟁이 얼마나 무서운 줄 모른다'

때리는 내내 중얼거렸고 아이는 전쟁의 공포보다 무서운
선생님의 폭력에 질려 울지도 못했다 아이의 교복 치마 밑
으로 오줌이 흘러내리고, 우리는 숨소리도 내지 못한 채 교
과서에 머리만 처박고 있었다

나를 버리고 가시는 임은

나이 마흔이 넘도록 한번도 가본 적 없던 제주도, 처음 하
늘에서 본 건 한라산 눈 밑 그늘이었다 내 걷는 발걸음 마디
에서 쌀뜨물빛으로 젖어들었던 엄니들의 흐느낌이 심장으
로 스몄다 돌담으로 기어오르던 햇살을 걷어차고 앉아 어린
동백나무에 눈 두었다가 거두니 아리고 쓰려서 쓸쓸한 수많
은 혼백의 함성이 먼바다에서 되돌아오고 있었다 그대들의
마디 꺾이는 소리가 아린 섬 곳곳에서 나를 붙잡았다

십리도 못 가서 발병 난다

　몸에 깃든 병도 없는데 몸이 아팠다 서울 오르기 전, 마른
가지에 물 돌듯 그나마 움찔했는데 광화문 한복판 그늘을
어깨에 올리고 바람에 꺼질 듯한 촛불을 감싸며 술집 귀퉁
이에 쭈그리고 앉아 있다가 집으로 온 뒤 몸이 아팠다
　일찍이 이유 없이 보름을 골골거리다가 시 한편 쓰고 나
면 언제 아팠냐는 듯이 멀쩡해지는 몸 싹이야 이곳저곳에서
나는 몸뚱어리지만 세월호 엄마아빠들의 북소리를 듣고 온
뒤 몸이 아파 며칠 방구들 지고 누웠다 가슴을 둥둥 쳐대는
긴 북소리가 파도를 타고 녹슨 몸 구석구석을 에돌자 곳곳
에서 아이들의 울음소리가 툭툭, 터져나왔다

# 초승달 부메랑

간장 달이는 들큼한 냄새가
밤하늘로 초승달을 던졌다
밥 세끼 먹을 만하니까
바람에 뒹구는 잎사귀도 보인다
밥물 핥아대는 개 콧잔등
촉촉해지는 눈가도 보인다
물에 불은 검은콩처럼 젖퉁이 불은
쥐 한마리
소금 포대 갉아 먹는 것도 보인다
보일 것은 다 보인다
그런데 한겨울 주먹만 한 쥐 한마리
풀 방구리 드나들듯 하던 새끼들은
일년 동안 코빼기도 보이지 않는다
간장 달이는 냄새에 괜스레 콧물 훔친 하루
개 짖는 소리에 되돌아와
지붕 위에 딱, 걸려버린 초승달이
별 하나 앞마당에 던져놓는다

# 생일

폐암 말기에 이승에서의 시간이 두달밖에 남지 않았다는
소리를 듣고 남자의 아내와 아들은 각자의 구석을 찾아 울
었다 구석의 그늘이 깊어서 손끝이 닿는 곳마다 저승 문턱
인 것처럼 깜짝 놀라 서성거렸다 집으로 향하는 내내 남자
는 이승에서의 눈길을 벼 벤 논바닥 웅덩이에 퍼진 노을 속
에 두었다 바람에 쓸리는 환한 은행나무에 눈이 부셨다

아내의 생일날 선물로 전해준 자신의 죽음에 미안함을 더
해 국수를 사주며 명줄 잘 잡고 살다 오라고 저승길 터놓고
기다리고 있겠다고 아내의 대접에 국수 가락을 덜었다 아내
는 통통 부은 얼굴로 통통 불은 국수 가락을 넘기며 오한이
든 것처럼 온몸을 떨었다

오래전 깨진 장독대 귀퉁이에 돌을 덧대며 여자의 헛걸음
에 접질린 발목을 부여잡고 앉아 울던 달이 비스듬히 스러
졌다

# 고수

땅뙈기 쬐끔 떼주면서 심고 싶은 거 심어보라고
뒷짐을 먼 산에 걸쳤다
냉큼 받아든 땅에
고수씨를 뿌리고 밤낮 움텄는가, 한걸음에
잠자는 개를 일으켰다
한나절 멀다 하고 나가는
내 모습이 우스웠는지
뒤쫓아 나와
뭘 심었길래 꽁지에 불난 듯 드나드냐길래
고수 심었다고 겉절이 해 먹으면 맛나다고
딱새 감나무 가지 꽉 쥔 모습으로
고개만 왔다 갔다 했다

아무 말 않고 돌아서는 뒤끝
흘러들어오던 퉁명

심어도 지 같은 거 심었다고
빈대 냄새 나는 거 심어서
혼자 다 처묵으라고

하수 주제에 고수 같은 소리 허고 자빠졌다고
절에서 나오라고 헐 때 나왔어야지
입맛이 염생이라고

인심 쓰듯 땅뙈기 쬐끔 떼주고
욕만 바가지로 하신
아버지

# 팔자(八字)

등산 나선 막둥이, 길 잘못 들어 산을 헤매다가 만난 스님이 가만히 막둥이의 얼굴을 들여다보고는 암자로 데리고 가 공양간 부처님께 올리던 쌀 조롱박을 주었다는데, 삶의 그늘을 퍼내라는 것인지 깊이 잃은 우울을 담으라는 것인지 이유도 모르고 가져와 지금도 쌀바가지로 쓰고 있는 조롱박

단명할 아부지 명(命) 이어준다고 배 속에서 끊어질 생을 이어 태어난 막둥이 아기 때 사과 궤짝에 앞숫구멍이 찍혀 죽을 고비를 저수지 물결로 세어온 생인데 팔자에 집 안팎을 뒤져봐도 없는 스님이 될 사주가 있다고 하니 꺾인 감나무 그늘 쓰다듬던 엄니 뒤로하고 스님이 되어도 내가 된다고 막둥이의 그늘을 뒤집어쓰겠다고 법당에 앉아 빛도 들지 않는 연등으로 기도했다

막둥이 그림자 위로 두 아이 저승으로 가고 기우뚱거리던 기둥이 제자리로 돌아선 건 딸 하나 안고 나서인데 세 식구 짝 이루고 주거니 받거니 싸움 지랄해가며 조롱박으로 한 시절을 퍼내는데 믿어도 그만 안 믿어도 그만인 팔자타령에 바람이 발가락 간질거리며 한참을 서성이다가 비껴갔다

# 뚱딴지꽃

  돈 없다면서 바지며 윗도리며 브라자까지 산 어머니 저승 가신 아버지 불러다 브라자 보여주려고 무지개색으로 샀느냐고 망사에 야시시한 것이 가슴이 맞아야 내가 입든지 하는데 그러다가 아버지 가시며 남겨둔 돈 다 쓰겠다고 하자 어머니 하시는 말씀, 거덜 난다고 목구멍에 거미줄 치지는 않으니까 걱정하지 말라고 내 돈 내가 쓰는데 옆댕이 붙어 살면서 지글지글하게 참견한다고 말년에 과부 돼서 평생 못 써본 돈 좀 써보겠다는데 지랄이냐고 병들면 약 들고 무덤 들어갈 테니 걱정 말라며 거울 앞에서 이놈 차보고 저놈 차보고 창문 밖에 뚱딴지꽃 쿨럭쿨럭 잔기침 뱉으며 짐짓 모르는 척 딴짓한다

# 참 좋은 날

은행잎이 11월 그늘을 끌어들이자 사그락사그락 햇살이 궁구르는 길 위로 진눈깨비 날렸다 벼 바심 끝난 논바닥에 내려앉은 구름이 웅덩이 속에서 흘렀고 서리 맞은 호박잎이 밭머리에 누렇게 스러져가는 바람을 흔들었다 발자국으로 내려놓은 이파리 위로 번진 노을 가슴에 담아놓고 가도 좋은 것을 벗나무 그늘이 깊어서 쓸쓸함이 박새 발가락으로 흔들렸다 나를 스치는 것들이 햇살에 부딪쳐 스러지던 날 아우, 저승길 걷기에 참 좋은 날

제 2 부

# 오광

　노름을 좋아했던 오점지 할아버지 당신 아부지가 앞날 잘
보는 당집에서 점지해준 귀한 이름이라고 오점지라 했다
　앞마당에 매화꽃 화들짝 핀 것을 보면 매조(梅鳥) 패가 눈
앞을 서성거렸다 이뿐이면 좋았을 것을 벚꽃 피고 난초 향
에 홀리고 달빛 밝으면 늑대처럼 휘적휘적 밤길 밟아 판을
휩쓸었다는데 집 나갔다가 다시 돌아와 산 게 소여물 쓸다
같이 쓸려나간 엄지손가락 한 마디의 주름보다 많다고 할머
니 짓무른 눈 주위에 버섯꽃이 밤낮으로 피었다 크리스마스
이브 날 밤 태어난 거룩한 아이는 제 아버지를 화투판에서
만났다 돌아가는 삼각지 화투판에서 딸을 낳았다는 소리에
오점지 아비는 껄껄껄 웃으며, 내가 화투에서 오광을 겁나
게 좋아하는디 우리 딸내미 이름을 오광이라 지어라 했다고
사는 내내 딸내미한테 이름 타박을 잊을 만하면 바람이 옷
깃 끄는 것맹키로 들었다고 크리스마스이브에 태어나서 거
룩한 이름 지어줬더니 날이면 날마다 지랄한다고 장땡으로
지어줄 걸 그랬다고 비 내리면 비광이 우산 씌워준다는 앞
날 잘 보는 용한 점쟁이가 점지해주었다는 오점지 할아버지

# 경칩

　봄동 핀 밭에 서서 마른 콩대 박주가리 줄기 긁어모아 불 사른다 작년 모내기에 썼던 대나무도 던져 넣는다 퍽퍽, 마른 줄 알았던 마디에서 터진 눈물이 담벼락 오줌 줄기로 흐른다 매운 연기 들이마시다가 당신 사십구재 치른 지 하루 만에 쇠스랑 붙잡고 운다 내친김에

　풀도 뽑을 줄 모른다는 아버지 퉁박에 시큰둥 바람 붙잡으며 벽돌 구멍에 걸어놨던 호미 먼 산 바라보다 한됫박 흘린 쌀알 눈이 뒤통수에 달렸느냐고 씹히던 면박 호미 쥐지 말고 펜 쥐라고 끝까지 가보라고 싹싹, 들깨 밭모가지 베어 내듯 던졌던 지난가을

　그새 봄까치꽃 환하게 밭모퉁이에 피었다 똥구멍 시리게 달렸던 겨울은 전깃줄에 매달린 방패연 구멍 속에서 뱅뱅 돈다 빈대 잡는다고 불에 탄 꼬리 흔들며 짖어대는 진순이를 뒤로하고 불에 덴 손등에 침 발라가며 검불 불사른다 마른 오줌 벽이 검게 그슬린다

# 웃음 달

달 눈꺼풀이 바르르 떨리는 밤 잠결에 어머니가 한바탕 크게 웃는다 자다 말고 일어나 얼굴을 보니 볼이 붉다 내려앉은 초승달이 눈 한가득이다 닭도 울지 않은 새벽녘에 일어나 오줌 누러 가는 어머니 등 뒤에 대고 뭐가 우스워서 자면서 그리 웃었느냐고 물으니 저승 간 느 아버지가 왔다고 옆에 누워 내 젖을 만졌다고 간지러워서 웃었다며 지지 않은 달빛 속으로 들어간 부끄러움 한동안 빤히 창밖만 바라보던 어머니 서둘러 화장실로 들어가며 네년 때문에 오줌 찔끔거렸다고 속옷 갈아입어야겠다고 잠이나 자지 왜 일어나서 지랄이냐고 괜스레 애먼 나만 타박이다

# 꼬리 긴 별

산언덕 칡넝쿨 둘둘 메고 사는 사내가 암으로 투병 중인 아내를 위해 스스로 무당이 되었다 산꿩이 울고 가면 아내는 가슴팍에 달아놓은 신음 주머니를 터뜨렸다 어쩌다 들어온 다람쥐가 콧구멍 실룩거리며 지린내 맡던 수돗가에 그늘이 들어앉은 건 일년 전, 이불 걷어찰 힘도 노을로 번지고 머리맡의 사내는 늙은 무당에게 배웠다는 꽹과리를 쳤다 후두두, 상수리가 떨어지자 지붕에 금이 갔다 죽을 날만 기다리는 산 자의 목숨이 문턱을 넘나드는 방 안을 멀뚱거리며 바라보는 건 눈 반쯤 감긴 달뿐, 이미 북망산천 별 꼬리 잡고 길 나선 아내의 휘청거림이 참나무 가지를 흔들었다 뒤돌아보지 않고 두드리는 꽹과리 소리에 스르르 풀리는 별, 꼬리 긴 별

# 봄날

　미산면 곰재 넘어가는 버스 안, 기둥을 지팡이 삼아 신문지 깔고 앉은 성주 할매가 쿨럭쿨럭 존다 볕이 하도 따뜻해서 전날 나물 캐 장에 내다 판 것이 전대에 가득한지 무슨 보물단지 감춘 것도 아니고 내준 자리 마다하고 젖가슴과 배가 딱 붙게끔 버스 바닥에 앉았다 잠시 멈춘 버스에 봄도 따라 들어오고 어라, 안 죽으니까 만나네 냉큼 다가온 파마 할매, 자리 냅두고 왜 바닥에 앉았느냐고 한동안 얼굴 보기 어렵더니 오째 살아 계셨다고 겨울 잘 넘기셨으니 오래 사시겠다고 얼굴이 부어터졌는데 어디 아픈 거 아니냐고 사십 넘은 아들 장가는 보냈느냐고 안 보냈으면 베트남 처자라도 알아보라고 시부렁시부렁 고갯길 넘어간다 그저 젖가슴에 묻어둔 전대 생각에 파마 할매 지랄을 하는지 뭐를 하는지 도통 생각 없는 날이다

# 슬픈 이야기

뒤집어봐야 됫박인 줄 알고 좆 끝으로 밤송이 발라봐야 지 좆 끝만 아프지 누구 좆도 안 아프다고 여길 가봐도 저길 가봐도 찬밥덩어리인 줄 모르고 이리 기웃 저리 기웃 잔소리는 오만가지 지 잘난 줄만 알고 남 잘난 줄은 모르는 기둥에 고무줄로 매단 빗마냥 이리 튕기고 저리 튕기고 그래도 제자리로 잘도 돌아온다고 십년 객지 생활에 철드는가 싶더니 이건 그놈이 그놈이고 그년이 그년이라고 자식새끼 욕해봤자 당신 얼굴에 침 뱉기라 남한테 말도 못하고 산 넘어 가신 아버지

# 낫질 한방

1

풍 걸린 할머니 걷게 한다고 안해본 일 없는 할아버지 바람맞은 다리에는 오리 피가 좋다는 말에 오리 모가지 치고 생피 받았다 머리 없는 오리 뛰어다니는 거 보고 뒤로 자빠진 며느리, 한참을 뒤꼍에서 마당으로 피 뿌리며 다니던 오리가 고꾸라진 건 할아버지의 낫질 한방

2

동네 아우 목공일 배워 집 짓겠다고 가출했다가 돌아온 지 십년 무서운 바보가 되었다 보는 사람마다 낫 들고 찔러 죽이겠다고 성주산 고랑고랑 뒤집어진 살구나무집 정신병원에 가둘 수 없다고 사랑방에 넣고 문고리 걸어두었는데 언제 나갔는지 그여 일을 치르고야 말았다 논두렁에서 만난 김씨 할아버지 가슴팍에 낫 꽂고 춤을 추었던 아우 낫질 한방에 집 팔고 성주산 고랑 무당집 얻어 들어가 날마다 한다는 눈물 굿

3

직업도 없이 집 안에 틀어박혀 언 손 불며 글자 굴리는 사

람한테 선거법 위반* 했다며 검찰에 고소당할 거란다 낫 들
고 오리 모가지를 친 것도 사람을 찔러 죽인 것도 아닌데 농
사치 몽땅 다른 사람에게 넘기고 방구들 시커멓게 엉덩이
들썩들썩 콩도 쭉정이만 가득 바람 찬 옥수숫대로 서걱이는
한겨울에 좀 잘살아보자고 이름 석자 신문에 올렸을 뿐인데
지서 소리만 나오면 심장부터 두근거린다는 어머니 인터넷
에서 딸년 이름을 보고도 다른 사람인 줄 알고 화투로 재수
끗발만 올리는 중이다

* 젊은 작가 136명 시국선언 광고에 대해.

# 실종된 봄

밤낮없이 다니던 그녀가 지난 새벽에 사라졌다 복사꽃잎
도 살구꽃잎도 잎잎이 포개진 틈 안으로 사라졌다 아기 가
진 그녀가 남편을 피해 돌아다녔던 논둑에 핀 냉이꽃 미쳤
다는 그녀보다 미쳐서 태어날 거라는 아기는 아비 손이 거
둬갈 것이라고 수군거리는 마을에서 피었다

미친 그녀도 아기는 살릴 거라는 수군거림도 햇살 속에서
부스럭거렸다 그러던 그녀가 사라졌다 남편도 사라졌다 처
마에 번진 노을이 그녀의 눈물인 것처럼 꽃잎이 춤을 추었
다 비설거지하다가 바지랑대 위 딱새 한마리 슬쩍슬쩍 꼬리
털다가 날아가는 것을 바라보았다

텅 빈 항아리로 뒹구는 그녀의 집 실종된 봄 안으로 비 날
렸다

# 꿈

저승 가신 아버지가 하늘 깊어지고 콤바인 돌아갈 때쯤
되면
영락없이 오셔서 추수하느라 바쁘다

처자식 먹여살리느라 저승 가서도 놓지 못하는 밥벌이
농사가 천직이라고 추수 끝난 논바닥에 흘린 나락까지
주워 호랑*에 넣고는 뒷짐에 노을까지 얹었다

좋은 씻나락 어깨에 짊어지고 들어와
방 안에 한가마니 떡, 하니 놓아두더니
할 일 다 했다는 듯 마지막 끼니로 김밥 드시고
당신 집으로 돌아가셨다

헛손질에 눈뜬 새벽, 내 머리카락이 달빛에
허옇게 셌다


* 호주머니.

# 먼 산

아파트로 이사한다는 소리를 들었는지
사나흘 밥도 안 먹고
먼 산만 바라보는 개
십년 한솥밥이면 어슬녘 노을도 쓸어준다
고개 묻고 시무룩한 모습이 안쓰러워
내 생일에도 끓여주지 않던 소고깃국을
밥그릇에 넣어준 어머니도 먼 산이다
갈비뼈 횅하니 바람이 들락거리는
어머니와 개는 한솥밥이다
저물녘 노을빛 강이다
같이 갈 수 없는 공중의 집이
먼 산에 걸쳐 있다
개장수에게 보낼 순 없다고
가면 바로 가마솥으로 간다고
아버지가 아끼던 개라고
서로 마주 보다가 한숨으로 날리는
먼 산이다

# 꽃 걸음

짝 잃은 솟대처럼 영가 한분 들어왔다
보자기에 덮인 사진 한장, 한장
모실 때마다 발뒤꿈치를 든다
절에 들어와 살면서 생긴 것
밤낮 가리지 않고 시루떡 지고 올라왔던 보자기 속
살포시 묶어 맨 아랫마을 제순 할매
부처님 집에 드는 일이 큰일 치르는 것처럼
오는 길에 방귀 뀌면 되돌아가 옷 갈아입고 올라왔다
초하루, 절에 가는 일이
당신만의 비밀인 것마냥
죽은 지아비
자식새끼 아무도 몰랐던 걸음
오동나무 꽃이 피었을 때도
함박나무 꽃이 피었을 때도
제순 할매 꽃이 환했던 길
여섯 남매, 이름 석자 연등으로 켠 자리에 엎드려서야
제 어미의 눈을 제대로 바라볼 수 있었다
저승길에 올라서야,

## 대설주의보

서해안 일대 대설주의보에
백양사 넘어가는 양고살재를 막아버린 눈이
나뭇가지를 북으로 돌려놓았다
쭉, 찢어지는 참나무의 기합이
바람 찬 대천항의 맞바람만 하겠느냐만
돌아가는 바람 자락 건드리는 가지의 애달픔은
항구 끄트머리에 서 있는
등대의 불빛
밖에서 머뭇거리다가
눈 수북이 쌓여 들어와
방구들 지고 누워
천장을 바라본다
내 몸이 북쪽으로 바짝 오그라지고
웃풍 센 방 안 입김만 서늘하다
밖에 고라니가 다니는지
멧돼지가 다니는지
개가 짖어대도
사타구니에 두 손 꽂고
등대의 불빛처럼

깜박이는 두 눈
산이 배가 되어 북으로 간다

# 가을밤에 부는 바람

늙으면 병들어 죽는 게 아니란다 벽에 걸린 새끼 사진 들여다보다가 외로워서 한밤에 벌벌 한기 느끼다가 가는 거란다 가는 순간 귀가 열리는데, 이미 식은 몸뚱이는 저승길 가자, 가자 하니 귓구멍에 그저 소쩍새 소리만 들렸을 거라는 앞집 황소 아줌마 이불 덮지도 못하고 바짝 쪼그리고 갔다고 장의사 와서 팔다리 펼 때 욕봤을 거란다 고집 세지, 힘세지 이길 장사 없었는데 말다툼도 많이 했는데 정, 정 해도 미운 정이 더 깊다고 보고 싶은 마음 자락 끝에 개 밥그릇 발로 차며 성질만 낸다

# 정류장

노란 페인트 바랜 그늘 안으로
털 빠진 억새 그림자 들었다
장산리와 옥계 사이로 털털거리며
콤바인이 지나간 자리에
바람의 자국이 남았다
햇살을 꽃치마에 받으며 쭈그려 앉아
버스를 기다리는 두 노인
주거니 받거니 햇살을 입으로 받아 우물거렸다
곧게 펴질 리 없는 그림자가 둥글게 말렸다
늙은 할매의 뱃가죽처럼 쭈글쭈글한 가랑이 사이에서
쫙, 펼쳐진 꽃치마
시간이 머물지 않을 것 같은 정류장에 놓인
의자는 못 빠진 지 오래
그대를 앉히기엔 깊은 소리 가득이다
정류장 가생이에 억새가 붙잡고 있는 건
이 빠진 자리 햇살이다
주름으로 우물거리는
정류장 햇살이다

제 3 부

# 말복이 처마에 들다

여자 둘이 사는 집에 술 취한 사내가 대문 밖 진순이와 싸움이 붙었다 갈 길 잃었다고 너는 누구고 나는 누구냐고 팔짱 끼고 서서 고래고래 소리 지르는데 진순이는 허연 이 드러내고 상대가 누가 됐든 집만 지키면 된다고 멍멍 짖어댔다

울안에서는 엄니가 빗자루 들고 소리 지르고 꽁무니바람이 대문 앞에서 서성거렸다 엄니 전화로 자식을 불러들이니 막둥이는 막대기 들고 오고 장남은 뒷짐 쥐고 들었다 넥타이 목 뒤로 돌아간 사내가 덩치 큰 자식들 보더니 고개 돌려 미안하다고 길이 있는 줄 알았다고 사람이 아닌 진순이한테 인사를 하고 돌아서는데 빗자루 들고 금방이라도 달려들 것 같던 엄니,

"뭐시 문제여. 기냥저냥 살믄 되지. 길은 사방간데 널렸으니께 잘 가보드라고."

사내 돌아선 자리에 막둥이 막대기 들고 시간 반을 서 있었다

# 하늘 깃털

한살 한살 뱃살 늘리듯 나이 먹어
저승과 문턱이 같은데
얼마 안 있으면 온몸에 깃털 꽂고 날아오를 것인데
남아 있는 주름살 땅 밟게 해야지
기어코 아파트 14층으로 올려놨다고
주무시면서 코를 바락바락 곤다
웃바람 없으니 코가 시리지 않다고
콧구멍이 숨구멍이었다는 것을
이제야 알았다는 듯이
예순다섯에
베란다에 앉아
겨드랑이에
깃털 꽂고 있는
그녀

# 엄지손가락


이십년 전 보상금으로는 고향을 떠날 수 없다고
고춧대로 박아놓은 깃발 하나
덩그러니 마을 푯돌 앞에서 서성거린다
갈 데라고는 노인정밖에 없는 이씨 아저씨
한숨이 집까지 가 있다
그 많던 논밭 노름 바람으로 날려 보내고
엄지손가락 하나 끊고서야 멈췄는데
마누라도 날아간 자리에
개발인지 게발인지 아파트 신축부지 조성한다며
고향 밖으로 날아가란다
앞에서 막아도
뒤에서 밀어도
용달차가 울고
경운기 달달거려도
굴착기 돌아가는 소리 요란하게
벚꽃만 날린다
치켜들 엄지손가락 없이
주먹 쥐면 헛바람이 먼저 날아가는 자리
이씨 아저씨 바지춤 올리며

대낮 술주정이 한창이다

# 그늘을 당겼다 놓는 집

　먼 하늘이 아득해서 바지랑대 걸쳐놓은 빨랫줄도 팽팽해졌다 마른 꽃무늬 속옷이 몇날 며칠 이슬을 받았다 냈다 해도 걷어낼 사람 없는 시름시름 앓는 집 한 철 넘기는 일이 그늘을 당겼다 놓는 감나무처럼 버석거렸다 고추 따다가 어지럼증으로 고꾸라져 받침대에 팔을 찔렸다 우환이 도둑이라 돈 잡아먹는 귀신이 문지방 비비며 들락거리고 식은 밥이 저승 밥이라 목구멍으로 넘어가지 않는다 창문 밖에 고추만 붉다가, 붉다가 곪아터졌다 빳빳해진 속옷 위에 잠자리 앉았다가 날아간다

# 달빛 한아름

와송이 몸에 좋다는 말에 옛집 기왓장 깨뜨리며 새벽녘
하늘 끝 찔러대는 분을 모셔왔다 골골 팔십은 가야 한다고
약으로 갈아드리려다가 오늘 죽으나 내일 죽으나 죽는 건
마찬가지라고 계집 둘이 살비듬 떨구며 사는 집에 남정네
한분 들어왔다고 기왓장 화분에 곱게 심어놨는데 베란다로
성큼 들어온 달빛 한움큼 확, 움켜쥔 와송이 있는 대로 뻗친
기운을 어쩌지 못하고 냅다 온몸에서 꽃을 피워대는데, 어
찌할거나 거시기 기운 좀 받아보려고 심은 것이 암시랑토
않게 빵끗 웃는 계집이었으니,

# 생강꽃처럼 화들짝

윗집 사람과 아랫집 사람, 싸움이 났다 담장 넘어온 닭 때문이라지만 두분 사랑싸움이다 산 고개 여러번 넘은 정분이지만 딱, 그만큼이다 된장찌개 끓인 날은 아랫집 사람의 순정이 윗집 마루에 슬그머니 놓여 있다 아무렇지 않게 숟가락 빠뜨리고 싱겁네, 물이 더 들어갔네 구시렁구시렁 웃음으로 넘어간다 마당에 풀어논 닭들이 모이를 쪼아 먹으며 아랫집 담장 밑을 서성이고 윗집 사람 속을 읽는 닭이 그저 모가지만 냈다 뺐다 찍었다 헤치다 요래조래 왔다 갔다 서로 보일 듯 말 듯 한 거리에서 생강꽃처럼 화들짝, 화들짝 눈깔사탕 한봉다리 뒷짐에 얹고 슬그머니 아랫집 방문 문고리에 걸고 오는, 윗집 사람의 봄날이 생강꽃빛으로 날린다

# 칠월 칠석

　내가 먼저 가는 것은 아무렇지도 않어 너 혼자 남을 생각
하면 자다가도 벌떡증이 일어나 나이 사십에 옆댕이서 젖
만져줄 놈 하나 없는데 코 골고 자는 모습 보면 안쓰럽기도
하고 성질도 나고 내가 니 아비 먼저 보내놓고 사방의 온 병
끌어모아 이 고생인데 안 봐도 비디오여 나 가고 나면 가슴
쥐어짜고 살 텐데 내가 그 꼴을 저승 가서 어찌 보겠냐 아,
견우직녀도 매년 새 대가리 밟고 손모가지 붙잡는데 너도
아무 놈 손모가지라도 끌고 와 그래야 내가 편히 눈감어 온
몸이 종합병원인데 너는 어찌 어미 맘을 모르냐 뭣 모르고
대가리 벗겨진 콩처럼 튈 궁리만 하고 앉어 있고 사는 게 별
거 아니지만 개똥밭에 굴러도 이승이 낫다고 하니 너도 대
가리 그만 굴리고 나가서 한 놈만 잡아와봐 그러면 어찌 아
냐 저승 간 니 아비 새 대가리 밟고 와서 손잡고 예식장 들어
가줄지!

# 손바닥

돈 많아도 다 헛지랄이여, 돈 간수보다 자식 간수가 우선이지, 그리 돈, 돈, 돈 하더니, 그놈의 돈 때문에 새끼 잃고 며느리가 재산 몽땅 가지고 날랐잖어, 개같이 벌어 정승같이 쓴다는 말이 오디 그게 말이여 똥이여? 새끼 교통사고로 보내놓고도 장례식장 비용 땜시롱 실랑이하더니 죄받은겨, 그리 촐싹대며 이 집 저 집 일숫돈 받으러 다니고 안 주면 땅문서라도 들고 나오는 사람이었잖어, 지금이 일제시대인 줄 아나, 왜 강제로 뺏어가느냐고, 그러니 며느리가 게 눈 감추듯이 돈 들고 날지 않고 배기겄어, 돈이 무신 소용이여, 잘벌어 잘 쓰야지, 나는 돈도 읎지만 있어도 죽을 때까지 안 줄겨, 나 죽으면 그 돈으로 장례나 치러, 속 끓이지 말고, 정신똑바로 차리고 살어, 손바닥 깔짝 뒤집으면 이승과 저승이바뀌는겨, 암만, 다 그런겨

# 물속의 집

수몰될 마을 성주면 완성리 다리를 밟았다 그로부터 반년
후 집도 학교도 다리도 붕어 집이 됐다 지느러미 달린 것만
이 달빛을 만질 수 있다고 파닥거리며 물결을 쳤다 번뜩이
는 물살이 지붕 위로 달려가고 바람 잡은 송사리 살구나무
가지를 물고 있다 산 끝자락 여문 오리나무 열매 댕그랑댕
그랑 내려다본다 한 시절 호랑지빠귀 소리 그득 실려 보냈
는데 간다는 소리 없이 날아가 바람길을 물길로 냈다 문패
로 달린 낚시 금지 이미 끝났다고 뭣도 아닌 놈들이 지랄한
다고 침을 뱉고 돌아서는 남자는 금지된 삶처럼 물살만 두
드렸다 쫓기듯 몇푼 쥐고 나온 뒤 태어난 집 마당에 물먹은
항아리로 뒹굴었다 물속의 집 담장에 목 걸친 복사꽃 빼꼼
히 올려다보는,

# 새벽의 눈물

간밤 꿈에 내가 밉다며 지난 시간의 눈물을 달고 그렁그렁 요양원에 계셔야 할 치매 걸린 할머니가 바라보았다 뭐가 밉냐고 서울 아들네 갔다가 오시라 했더니 오시지 않고 애처롭게 손 흔들며 가시더니 왜 밉냐고 소리 지르다가 길에 누운 할머니 등에 업고 집으로 오며 엉엉 울었다

흔들어 깨운 어머니가 내가 그리 밉냐고 그래서 그리 소리 지르느냐고 그렇게 미우면 나가 살라고 애먼 소리로 새벽 그늘을 뒤집었다 내가 밉다는 할머니와 자기를 미워한다고 생각하는 어머니

아버지 저승 가시고 빨간 지붕 집을 떠날 때 눈물 달고 잘 있으라고 손 흔들며 가시더니 놓친 달빛도 제대로 밟지 못하고 요양원 그늘 속에 시든 꽃으로 앉은 분이 같이 살았던 시간 속에 있는 내가 얼마나 미웠으면 꿈에 들어 마른 빈 가지를 흔드는지 면박에 퉁박까지 감나무 가지에 걸어놓았던 할머니가 바지랑대 흔들며 무더기별을 흩어놓았던 할머니가 간밤 꿈에 내가 밉다며 그렁그렁 새벽의 눈물로 오셨다가 가셨다

54

# 울화통

통 중에서 가장 깊고 속 터지는 통은 울화통인데, 그 속에서 부글부글 끓고 있는 것이 아궁이에 불붙은 장작만 하겠느냐만, 어린 새끼 바닷물 속에 넣고 목구멍이 포도청이라 밥알이 넘어가는 어미의 통은 환장통이다 이유도 모르고 바닷속에서 뒤집어졌을 새끼 속은 어두컴컴 보이지 않는데, 아비의 속울음은 부글부글 애끓는 눈물통이다

열두 살 난 아들 수명통에 잃어버리고, 한 시절 눈물 위 손바닥으로 노 저어오다 녹내장으로 눈먼 앵두나무집 할매 속은 썩어 문드러진 염통인데, 그 쪼그라든 통이 깔짝깔짝 뛸 때마다 살아 있는 자신의 가슴을 통통, 쳐댔단다

살아 있는 그 끝까지 수없이 뛰는 가슴을 치며 살아갈 우리의 눈물통은 마를 새 없는데, 어찌 모를까 언젠가 터질 울화통! 눈먼 앵두나무집 할매 눈에도 보이는데 눈멀지 않은 눈은 붉은 눈물통으로 바라보는데

# 리어카의 무게

리어카 바퀴가 주저앉았다
켜켜이 쌓인 주름살 같은 상자가
안간힘을 다해 도로 한복판에서 벗어나려 한다
늘 벗어나려 했던 것들로부터
벗어날 수 없었던 바퀴의 그늘
끌어도 끌리지 않는 상자의 무게로
길바닥에 주저앉아 한나절 그늘을 받아낸다
푹 수그리고 앉았던 자리에
늙은 그림자는 꼼짝하지 않는데
홑겹의 낡은 옷이 휘청거리며
거리를 밀고 간다
묵묵히 바닥만 내려다보던
늙은 그림자가
스러지지 않고 어제도 오늘도
그 자리에 앉아 있다

# 소름


한밤중, 들뜬 벽지를 긁는 지네 발소리

오뉴월에 개도 안 걸린다는 몸살에 걸려 솜이불 뒤집어쓰고 이 부딪치는 소리

겨울밤 문풍지를 긁어대는 고양이 발톱 소리

툇마루에 다녀가신 도둑눈 위를 맨발로 걷는 소리

그대의 눈과 마주치며 떨어지던 눈물, 손등에 부딪치던 소리

소리 위에 소소소 돋던,

# 별을 바라보았다

시골집에는 변소가 두개 있었다

백년 묵은 상수리나무 옆 언덕바지까지 늘어진 지붕이 을
씨년스레 똥바가지 뒤집어쓴 수국이 토악질해대던 변소

대문 옆 마른 볏짚으로 지붕 얹고, 똥통 가까이 피어 있던
수수꽃다리 깜박거리는 별빛에 눈길 한번씩 던지던 변소

할아버지 똥줄을 잡고 오르던 상수리나무 뿌리들이 일어
섰다 고집으로 똘똘 뭉친 상수리가 열리고 똥장군 지게 끝
메꽃이 오므리는 순간, 참새들이 보듬던 대나무가 앞으로
누웠다 소쩍새 울어대는 언덕바지에 별이 들었다
식솔들은 그곳에서 일을 보지 않았다

수수꽃다리 향기 코끝 간질간질하게 재채기 나왔던 변소
에서 바지춤을 여미곤 했다 할아버지 돌아가신 뒤 상수리나
무 옆 변소는 사라지고 상수리나무도 베어졌다 굵은 밑동은
나이테를 올리며 덩그러니 별을 바라보았다

한밤에 울어대던 솔부엉이 종종 날아들어 어깨를 움츠리
게 했었다

# 그런 저물녘

아버지 밭농사 지어 먹던 땅에
알타리, 아욱, 고추 심어놓고
깜빡한 시간이 계절을 건너뛰었다
휘청거리는 해를 짊어지고 밭으로 가니
살아생전 마을에서 가장 큰 키를 자랑하던
아버지가 서 계시는 것이 아닌가
눈 비벼 다시 보니
묵정밭에 명아주며 개망초가
온 동네 훑어봐도 가장 큰 듯한데
어째 풀까지 밭 주인을 닮았다고
낄낄 웃다가 논으로 눈 돌리니
아니 글쎄, 아버지가
삽자루 뒷짐으로 얹고 서 계시는데
나도 모르게 목이 콱, 막혀서
침도 넘어가지 않는,

제 4 부

# 드렁허리*

    윗집 새댁이 입덧하다가 논두렁에서 만났다는 드렁허리, 장어는 못 먹어도 드렁허리는 먹겠다고 만지지도 못하고 막대기로 깔짝깔짝 잡아 고아서 먹었다는데 맛이 참말로 좋았다고, 한참 진통 끝에 아이를 낳았는데 어라, 아이 엉덩이를 때려도 소리는 나오지 않고 손가락만 꽉 쥐고 있었다는데 어쩔거나, 침묵을 낳았으니 새댁 울며불며 드렁허리 때문이라고 드렁허리 먹어서 말 못하는 새끼 낳았다고 가슴 쳐대며 울었다는데, 그후로 동네 사람들 논두렁 드렁허리만 보면 잡아서 척척, 삽자루를 날렸다고, 뱀장어도 못 되고 논바닥에 뒹구는 드렁허리 우는 소리 들리는 날이면 어김없이 비가 내렸다는, 들리지도 않는 울음소리 얘기에 괜스레 드렁드렁 애먼 논바닥에 삽자루 꽂는 날 많았다

---

* 뱀 모양의 민물고기. 꼬리가 뾰족하고, 배지느러미와 가슴지느러미, 비늘이 없다.

# 윤슬이 출렁이다

툇마루에 앉아
산 아래를 내려다본다
간간이 못 물결로 우는 소쩍새와
대나무 숲에서 휘청이는
파랑새 떨림이 내 안에 든다
뭉텅이로 앞산을 지나가는 산 그림자
참나무 숲도 무르팍 같은
큰 바위를 쓸고 간다
채반 가득 고사리 말라가고
늘어지게 하품하며 늙어가는
개 밥그릇에
박새가 여러번 왔다 간다
그런데 둘러봐도 사람이 없다
흙 묻은 고무신 한켤레 댓돌 위에
앉아 있을 뿐,
다람쥐 자갈 밟는 소리에
넘어지는 햇살만 있을 뿐
어느날
나는 사람이 아니다

# 아버지의 아버지의 아버지의 집

　삼대가 걸쳐 살았던 향나무 꺾인 집을 나오면서 자꾸 뒤
돌아본 건 감나무에 걸쳐논 바랜 장대 때문이다 마른 호박
줄기 엉켜 기지개 한번 켜보지 못하고 주저앉은 비닐하우스
늙은 호박이 땅에 닿을 듯 말 듯 바람 줄기 쥐락펴락하는 손
힘이 빠진 지 오래다
　고사리 장마에 고개 내밀다 꺾인 고사리밭은 조릿대가 살
얼음빛으로 서걱이고 벙어리 뻐꾸기가 피 토했던 상수리나
무의 그늘이 옷깃을 잡는데 사람 숨소리에 기둥도 반듯하게
선다는 집, 그러나 처마 처진 지 오래된 아버지의 아버지의
아버지의 집 남의 손에 넘기고 돌아오던 날, 내 눈물을 낡은
양파 망에 담은 장대가 하늘 높아 더 추운 겨울을 푹, 찌르고
있다 까치가 파먹다 찢어진 홍시가 그대로 얼어버린 집에서

# 한여름 밤

거실에 앉았다 들락거리는 바람도 없이
내 무릎에 내려앉은 달도 더웠다
맨바닥에 누워 감나무 그림자를 간질이다가 든 잠,
자면서도 한겨울 몸속으로 파고든
서늘한 느낌에 눈을 뜨니
코 위에 돈벌레가 더듬이 안테나를 움직이는데
냅다 후려쳐 잡았는가 했더니
쌍코피 터져 줄줄 흐르는 내 콧골만
진순이 짖는 소리 타고 다녔다
이때 들려오는 말씀에
이른 아침부터 뜨거워지는데,

돈벌레 잡지 말어, 돈 안 들어오니께.

# 벚꽃잎 흩날릴 때

발전소 하청 일을 하다가 발목이 다쳐 수술해야 한다는 아들 소식을 듣고 어머니는 꽃잎을 놓은 벚나무처럼 파르르 떨었다 물 고인 어머니 그림자 위로 떨어진 꽃잎이 젖었다

'내가 아픈 게 낫지, 니가 아프니께 내 속이 타들어가야'
'엄마가 아픈 것보다 내가 아픈 게 나아'

비 내린 뒤끝, 서로 먼 산만 바라보다가 눈앞 흩날리는 꽃잎을 바라보다가 류머티즘 관절염으로 구부러진 손가락을 꼭 잡은 아들 손으로 눈물을 훔치는 어머니

물웅덩이에 흔들리는 어머니의 그림자가 벚꽃잎을 머금고 훌쩍이며 봄날로 뛰어든다 발전소 꼭대기에서 줄 하나에 의지해 바람과 싸우던 아들이 봄날로 뛰어든다

# 노루의 눈빛

고향 갔다 오는 길, 읍내에 무릎까지 눈이 쌓였다
두 발 담고 사는 절에는 곱으로 눈이 쌓였을 것이다
산에 들지 말고
읍내에서 자라는 스님 말씀 뒤로하고 오른 산
고요란 눈 쌓인 길을 찾아
혼자 걷는 것
소나무 장딴지까지 쌓인 눈을 가방으로 밀자
시린 장끼 울음소리가 산등을 치고 갔다
눈으로 하얘지는 길을 오르다가
간밤 산 울음소리에 뛰었을 노루 발자국 위에
내 발자국을 놓았다
발밑에서 들리는 산 울음소리
밤새 산을 울리며 달렸을 노루의
푸른 눈빛이
오르는 내내 반짝거렸다
이십분이면 오를 길을
두시간 걸머쥐고 먹이 찾아 올랐다
허연 입김 속 반짝하니 별이
내내 따라 올랐다

# 무화과

베트남전쟁에 참전해 에이전트 오렌지*를 온몸으로 맛본
그, 돼지우리 옆 누구도 돌보지 않는 무화과나무에 거름을
퍼 나른 건 그뿐이었다 눈 없는 씨앗을 몸 안 가득 품고 꿈틀
거리는 청춘을 제 손으로 자르며 살았다 술에 취해 마당 우
물가에 고꾸라져 개집에 들어가 자도 쓸쓸한 신음이 쏟아져
나올 때 개는 연방 혀로 그의 입을 핥았다

지금, 일흔 넘은 그에게 딸이 있다 손녀도 있다 아내와 딸
이 두 손 잡고 그의 호적(戶籍)에 오른 순간 무화과나무에 핀
이파리 눈 없는 씨는 땅속에서도 뒤틀린 힘을 다해 위로 오
를 길을 찾았다 거름 냄새를 맡으며 솟아난 가지에 불알을
매단 그는 불임된 자신을 한송이 꽃으로 피우고 있다

* 고엽제.

# 새집

셋방에서 쫓겨났다
보퉁이 곁에 앉아 담배만 피우는 남자
빚쟁이에게 쫓겨 화장실에 숨은 여자가
눈보라처럼 떨었다
젖은 담배처럼 부러진 남자
그림자 위에 눈이 쌓였다
수숫대 모가지를 붙잡고 건너가는 겨울
주름으로 말라버린 눈물은
등진 세상과의 경계

산에 오르다가
내 주먹보다 작은 집, 새 그림자 포르릉 날아와
바람에 쓰러지는 빈집을 본다
엉덩이 비집고 들어갈 자리
딱, 그만큼의 자리가 있어도 좋겠다
길은 산의 나이테, 그 틈 옹이로 박힌
빈 새집 한채
남자의 부러진 담배에 집을 지은 여자
포르릉 날아간다

# 내 마음 기우는 곳

안녕리에 가보면 맥없이 솟아 있는 기둥이 여러개
모두 이별한 것이다
만남도 헤어짐도 안녕리에서는
뽀얗게 먼지 뒤집어쓰고
쓸쓸히 엉덩이를 기다리는 툇마루이다
무거운 발걸음 속 달라붙는 그림자
깨진 기왓장이 끌어안고 있는 빛 잃은 알전구와
덩그러니 빈집 마당을 지키는
구멍 환한 항아리
버석거리는 나무 기둥이 나이테를 놓는 곳이다 때론,
사선으로 잘려나간 대나무 끝에
가슴을 다치기도 한다
내 마음 한 자리 빗금으로 내려앉아 우는 사내
대숲이 일렁이는 곳에서 바람 부는 쪽으로
내 마음 기우는 것도
짧은 대나무 마디로 살다 간 사내의 빈 곳이 있기 때문이다

경기도 화성시 안녕리에 가보면
처마 끝 밑구멍 환한 목어가

바람 가는 쪽으로 몸통을 두드리고 있다
뽀얗게 먼지 뒤집어쓰고
쓸쓸히 엉덩이를 기다리는 툇마루가 있다

# 폐염전

눈꺼풀 내려앉은 눈을 비비다가 숟가락이 밥을 놓쳤다
산고랑 볕 짧게 드는 곳에서나
문고리에 걸어둘 법한 휘어진 숟가락
한사코 제대로 넣어보겠다고 이 없는 굴로 퍼 나른다

퉁퉁마디 손가락 붉게 터진 자리 찰방거리며 그려놓은 저
승의 지도
소금 창고, 늘어진 젖가슴에 들여놓고 속 끓인 밭 호미질
하고 살았다
가슴속 염전 밭 햇살 솎아내다가 주저앉은 아랫도리
바들거리다 툭, 또 밥을 놓쳤다

집 나간 아들 기다리다가 놓친 밥 한술이 앞산에 길눈으
로 허옇다
살아도 그만, 가도 그만 그래도 살겠다고 상처투성이 잇
몸이
소금 밥알을 모신다

햇살이 파도를 밀어 자글자글 늙어가며 스러지는 곳

72

앞선 발자국과 뒤따른 발자국 사이의 길 위 결이 부서진
다, 엄전에

　폐선 들어선 지 오래다

# 바라보다가 문득,


갈바람이 흰머리를 스치고 지나가자
새 날아간 자리 가지처럼 파르르 눈동자 떨리던 사람
바스락거리는 별을 끌어다가 반짝, 담배에 불붙이던 사람
산등에 걸린 달을 눈으로 담은 사람
흙 파인 돌계단에 앉아 찬찬히 처마의 달 그늘을 걷어내
던 사람
벼 바심 끝난 논바닥에 뒹구는 바람을 끌어다가
옷깃 안으로 여미던 사람
문득, 돌아선 곳에서 나를 달빛 든 눈으로 바라보던 사람

그 사람

바라보다가 고라니 까만 눈으로 바라보다가 잡으려 하니
그 자리에 별이 스러졌다

# 빈집 한채

내 안의 사랑은
빈집 한채를 끌어안고 산다

수돗가 세숫대야의 물을 받아먹고 살던
향나무 한분이 사랑채 지붕으로 쓰러진 건
그대가 떠나간 뒤부터다

툇마루에 옹이가 빠져나가고
그 안으로 동전과 단추가 사라진 집은
고양이의 울음소리로 조심스러워졌다

툇마루 옹이 빠진 구멍 속
거미의 눈으로 바라보는 내 안의 사랑은
언제 다시 돌아올지 모른다

먼 산으로 돌아앉은 그대

별을 세다가 새벽을 놓치고
쓰르라미 울고

# 숯

타닥, 타닥 뼈마디가 저렇게 무너졌던가,
나이테를 휘돌아 타는 불길 속
누구에게 전할 말이 남아 있는지
갑골이 새겨졌다
링거처럼 달고 다녔던 칡넝쿨을
태우는 일이야말로
한 삶을 마무리 짓는 일인 것처럼
마른 몸뚱이에서 떼어냈다
아궁이에 불이 지펴질 때마다
다리 벌린 가랑이로 들어와
시커멓게 가슴팍을 훑었다
다 식은 뒤에야
부서진 뼈마디가
온전히 나무로 설 수 있었다

# 중첩된 시선으로 들여다본 탈개인화된 세계

김해자

   "땅뙈기 쪼끔 떼주면서 심고 싶은 거 심어보라"던 아버지는 "고수씨를 뿌리고 밤낮 움텄는가" "꽁지에 불난 듯 드나드"는 시인에게 돌아서서 통바리를 놓는다. "심어도 지 같은 거 심었다고/빈대 냄새 나는 거 심어서/혼자 다 처묵으라고/하수 주제에 고수 같은 소리 허고 자빠졌다고/절에서 나오라고 헐 때 나왔어야지/입맛이 염생이라고//인심 쓰듯 땅뙈기 쪼끔 떼주고/욕만 바가지로 하"(「고수」)시던 해학의 고수, 아버지 등에는 '벚꽃 문신'이 새겨져 있었다.

> 아버지는 이십년 넘게 목욕탕에 간 적이 없다
> 아들에게 등을 맡길 만도 한데
> 단 한번도 내어준 적 없다
> 아버지의 젊은 날이

바큇자국으로 남아 있는 한
자식들에게 보여줄 수 없는 등
경운기와 사투를 벌이며
빨려들어가는 옷자락을 얼마나 붙들었던가
논바닥에 경운기 대가리와 뒤집어졌을 때
콧구멍 벌렁거리며 밥 냄새에 까만 눈 반짝이던
삼 남매의 얼굴이 흙탕물에 뒹굴었으리라
바퀴가 등을 지나간 뒤
핏물 위에 가득했던 꽃
　　　　——「벚꽃 문신」(『벚꽃 문신』, 실천문학사 2012) 부분

그 "아부지가 놓아버린 이승의 밤", "산이 하얗게 주저앉
았다"(시인의 말, 『벚꽃 문신』)던 시인의 꿈속에서 아버지는 아
직도 농사를 짓는다. "하늘 깊어지고 콤바인 돌아갈 때쯤 되
면/영락없이 오셔서 추수하느라 바쁘다//처자식 먹여살리
느라 저승 가서도 놓지 못하는 밥벌이/농사가 천직이라고
추수 끝난 논바닥에 흘린 나락까지/주워 호랑에 넣고는 뒷
짐에 노을까지 얹었다"(「꿈」).

내가 먼저 가는 것은 아무렇지도 않어 너 혼자 남을 생
각 하면 자다가도 벌떡증이 일어나 나이 사십에 옆댕이
서 젖 만져줄 놈 하나 없는데 코 골고 자는 모습 보면 안쓰
럽기도 하고 성질도 나고 내가 니 아비 먼저 보내놓고 사

방의 온 병 끌어모아 이 고생인데 안 봐도 비디오여 나 가
고 나면 가슴 쥐어짜고 살 텐데 내가 그 꼴을 저승 가서 어
찌 보겠냐 아, 견우직녀도 매년 새 대가리 밟고 손모가지
붙잡는데 너도 아무 놈 손모가지라도 끌고 와 그래야 내
가 편히 눈감어 온몸이 종합병원인데 너는 어찌 어미 맘
을 모르냐 뭣 모르고 대가리 벗겨진 콩처럼 튈 궁리만 하
고 앉아 있고 사는 게 별거 아니지만 개똥밭에 굴러도 이
승이 낫다고 하니 너도 대가리 그만 굴리고 나가서 한 놈
만 잡아와봐 그러면 어찌 아냐 저승 간 니 아비 새 대가리
밟고 와서 손잡고 예식장 들어가줄지!

——「칠월 칠석」 전문

　시인은 본 적도 없는, "매년 새 대가리 밟고 손모가지 붙
잡는" 견우직녀 때문에 욕을 바가지로 얻어먹는다. 견우와
직녀를 만나게 하느라 대가리 벗겨진 까마귀와 까치는 "대
가리 벗겨진 콩처럼 튈 궁리만 하"는 딸과 의미가 중첩되
고, "저승 간 니 아비 새 대가리 밟고 와서 손잡고 예식장 들
어가"는 기대와 상상으로 전이된다. 하나가 둘을 낳고, 둘이
셋을 낳고, 셋이 중중무진(重重無盡)의 세계를 낳는다. 뭇 생
명이 조응하는 흐름과 생성의 세계에서 독야청청 고립되어
존재하는 자연이란 없다. "낼모레면 칠십 넘어 벼랑길인디"
"오개월 걸려 딴 운전면허증에/한해 농사 품삯으로 산 중고
차 끌고 읍내 나갔던 할매"가 "후진하다 또랑에 빠"(「상강(霜

降)」)지고, "풍 걸린 할매 데리고 죽으러 들어갔던 저수지가 깡, 말"라 죽지도 못하고 저수지처럼 "쩍쩍, 갈라"진 "욕창 난 할매 엉덩이 닦아"(「입동(立冬)」)주는가 하면, "얼어버린 물이/수도꼭지 안에서/노심초사로 머물고 있"(「동지(冬至)」)는 인간사가 절기 속에 녹아 있는 핍진한 시편들이 구성지던 첫 시집에서 더 나아가 공생과 공유의 세계관을 펼친다.

봄동 핀 밭에 서서 마른 콩대 박주가리 줄기 긁어모아 불사른다 작년 모내기에 썼던 대나무도 던져 넣는다 퍽 퍽, 마른 줄 알았던 마디에서 터진 눈물이 담벼락 오줌 줄기로 흐른다 매운 연기 들이마시다가 당신 사십구재 치른 지 하루 만에 쇠스랑 붙잡고 운다 내친김에

풀도 뽑을 줄 모른다는 아버지 퉁박에 시큰둥 바람 붙잡으며 벽돌 구멍에 걸어놨던 호미 먼 산 바라보다 한됫박 흘린 쌀알 눈이 뒤통수에 달렸느냐고 씹히던 면박 호미 쥐지 말고 펜 쥐라고 끝까지 가보라고 싹싹, 들깨 밭모가지 베어내듯 던졌던 지난가을

—「경칩」부분

'호미 대신 펜'을 쥐게 되었지만 시인의 공간 체험은 아직도 호미와 씨앗을 들고 있는 양 사시사철과 포개져 있다. 반복되는 절기를 자연스러운 삶의 리듬으로 받아들이는 정서

는 자연의 기운과 인간의 신체와 의식주가 떼어낼 수 없는 근육처럼 붙어 있을 때에만 가능하다. 농경문화의 자식으로서 대지적 감수성이 몸에 밴 박경희의 시는 오래전 흙과 한 덩어리 되어 살았던 시간이 두루마리 풀리듯 펼쳐져 문자 이전으로 들어가게 하며, 짠한 사연을 넉넉한 해학으로 직조한 시들은 글자 이전에 말이, 말 이전에 마음이 있었음을 실감케 한다. 그나저나 아버지와 어머니, 이웃들 이야기 아니면 박경희는 대체 무슨 시를 썼을까. 시라는 것을 쓰기나 했을까. 첫 시집 바치며, "당신이라는 토방에 신발 올린 지 오래된 새끼"라고 말하던 시인은.

폐암 말기에 이승에서의 시간이 두달밖에 남지 않았다는 소리를 듣고 남자의 아내와 아들은 각자의 구석을 찾아 울었다 구석의 그늘이 깊어서 손끝이 닿는 곳마다 저승 문턱인 것처럼 깜짝 놀라 서성거렸다 집으로 향하는 내내 남자는 이승에서의 눈길을 벼 벤 논바닥 웅덩이에 퍼진 노을 속에 두었다 바람에 쓸리는 환한 은행나무에 눈이 부셨다

아내의 생일날 선물로 전해준 자신의 죽음에 미안함을 더해 국수를 사주며 명줄 잘 잡고 살다 오라고 저승길 터놓고 기다리고 있겠다고 아내의 대접에 국수 가락을 덜었다 아내는 퉁퉁 부은 얼굴로 퉁퉁 불은 국수 가락을 넘기

며 오한이 든 것처럼 온몸을 떨었다

—「생일」부분


시인은 섣부르게 개입하거나 재단하지 않는다. 직접적인 감정 표출 대신 겸손과 공경과 공감에서 우러나온 대상의 뿌리에 닿음으로써 품위를 부여한다. "각자의 구석을 찾"는 울음은 각자의 몫, 터질 곳을 찾아 숨어 울며 "오한이 든 것처럼 온몸을 떨" 뿐, "여자의 헛걸음에 접질린 발목을 부여 잡고 앉아" 울어주는 것은 "퉁퉁 불은 국수 가락"과 "비스 듬히 스러"진 달과 "오래전 깨진 장독대 귀퉁이"이다. "저 승 가신 아버지 불러다 브라자 보여주려고 무지개색으로 샀느냐"고 타박하는 딸에게 야시시한 브라자를 "이놈 차보고 저놈 차보고" 하는 어머니와 "창문 밖에 뚱딴지꽃 쿨럭쿨럭 잔기침 뱉으며 짐짓 모르는 척 딴짓"(「뚱딴지꽃」)하는 두 개의 시선이 충돌 없이 교차한다. "서로 보일 듯 말 듯 한 거 리에서 생강꽃처럼 화들짝, 화들짝 눈깔사탕 한봉다리 뒷짐 에 얹고 슬그머니 아랫집 방문 문고리에 걸고 오는" 윗집 아랫집의 사랑싸움을 "생강꽃빛으로"(「생강꽃처럼 화들짝」) 보여줄 뿐이다. '나'는 숨고 대상에 조명을 비춰 돋을새김하며, 무심한 듯 거리를 두고 상대가 말하게 한다. 그래서 "벽 에 걸린 새끼 사진 들여다보다가" "이불 덮지도 못하고 바 짝 쪼그리고" 간 삭신을 장의사가 "팔다리 펼 때 욕봤을 거" (「가을밤에 부는 바람」)라고 하는 말들이 더 짠하게 다가온다.

먼 하늘이 아득해서 바지랑대 걸쳐놓은 빨랫줄도 팽팽
해졌다 마른 꽃무늬 속옷이 몇날 며칠 이슬을 받았다 냈
다 해도 걷어낼 사람 없는 시름시름 앓는 집 한 철 넘기는
일이 그늘을 당겼다 놓는 감나무처럼 버석거렸다 고추 따
다가 어지럼증으로 고꾸라져 받침대에 팔을 찔렸다 우환
이 도둑이라 돈 잡아먹는 귀신이 문지방 비비며 들락거리
고 식은 밥이 저승 밥이라 목구멍으로 넘어가지 않는다
창문 밖에 고추만 붉다가, 붉다가 곪아터졌다 빳빳해진
속옷 위에 잠자리 앉았다가 날아간다

──「그늘을 당겼다 놓는 집」 전문

　　고독하게 죽어간 자의 이전 나날들을 거슬러 올라가듯,
그늘이 옮겨가는 각도를 따라가며 풍경을 빚은 이 시에도
엄연한 거리가 있다. '나'를 고갈시키고 '나'와 남을 찢어놓
는 '특화된 개인'을 주장하는 세계 한가운데에서 박경희는
탈개인화된 관계성에 주목한다. 내가 무엇을 어떻게 한다는
주체 중심적 사고를 벗어나 '나'와 타자는 분리 불가능한 샴
쌍둥이처럼 붙어 있고, 육체의 연장(延長)으로서의 말은 공
생 공용하는 세계의 몸속에 살고 있다. 감나무가 "그늘을 당
겼다 놓"으며 버석거리고, 집이 "그늘을 당겼다 놓"는 세계
에서 자연과 '나'는 하나이고, 과거와 현재가 만나 유동한
다. 전쟁과 경쟁과 광기의 문명 한가운데에서 불임의 존재

가 되어버린 자가 상처를 치유하고 재생하는 자리는 대지이
다. 땅에 근거한 삶을 유지하고 존속하는 '농민'의 시선으로
바라본다는 점에서 박경희는 진정한 농본주의자인지 모른
다. 바깥에서 구경하는 자의 시선이 아니라 내부의 시선이
포착한 현실은 사실적이며 애틋하고 재미있다.

　　베트남전쟁에 참전해 에이전트 오렌지를 온몸으로 맛
본 그, 돼지우리 옆 누구도 돌보지 않는 무화과나무에 거
름을 퍼 나른 건 그뿐이었다 눈 없는 씨앗을 몸 안 가득 품
고 꿈틀거리는 청춘을 제 손으로 자르며 살았다 술에 취
해 마당 우물가에 고꾸라져 개집에 들어가 자도 쓸쓸한
신음이 쏟아져나올 때 개는 연방 혀로 그의 입을 핥았다

　　지금, 일흔 넘은 그에게 딸이 있다 손녀도 있다 아내와
딸이 두 손 잡고 그의 호적(戶籍)에 오른 순간 무화과나무
에 핀 이파리 눈 없는 씨는 땅속에서도 뒤틀린 힘을 다해
위로 오를 길을 찾았다 거름 냄새를 맡으며 솟아난 가지
에 불알을 매단 그는 불임된 자신을 한송이 꽃으로 피우
고 있다

　　　　　　　　　　　　　　　　　　　　──「무화과」 전문

"돼지우리 옆 누구도 돌보지 않는 무화과나무에 거름을
퍼 나"르며 고엽제로 "눈 없는 씨"가 된 '그'를 살게 한 것은

"연방 혀로 그의 입을 핥"아 준 개였고, 연쇄적으로 상생하는 인연의 그물 속에서 "불임된 자신을 한송이 꽃으로 피우고 있"는 '그'와 무화과는 동격이며 공생 관계이다. '그'에게 주변 사물은 실물 교환이 일어나는 성스러운 장소이다. 나무를 흙에서 분리할 수 없듯 세계의 몸속에 살고 있는 의식 속에서 인간과 주변 공간은 분리 불가능하다. 모든 불행과 고통에도 정신의 비약이자 기존 관념을 깨는 놀이와 노동 속에서 이질적인 생명들의 교합이 탄생한다.

인간과 자연이 이어지는 시적 순간은 삶 도처에서 다반사로 일어난다. "계집 둘이 살비듬 떨구며 사는 집에 남정네 한분 들어왔다고 기왓장 화분에 곱게 심"은 와송이 "베란다로 성큼 들어온 달빛 한움큼 확, 움켜쥔"채 "있는 대로 뻗친 기운을 어쩌지 못하고 냅다 온몸에서 꽃을 피"(「달빛 한아름」)운다. 짐승과 인간과 식물이 관계하고 회통하고 통섭하면서 다양성과 섞임과 유동성을 통해 숨 쉬는 생명체가 되는 경이는 가난과 결여가 곧 고통이라는 공식에서 벗어나지 않는 한 경험할 수 없다. 내 앞에 있는 '무한한 너'의 신비를 통해 '나'로 한정된 자폐적이고 피상적이고 부분적인 인식을 넘어서는 시안(詩眼)은 공용(共用)과 공업(共業)과 공유(共有)의 집합적 존재론으로서, 몸이 소거되어가는 현대 시단에 극히 희귀한 상호 교호적인 생태적 육체성을 획득한다.

눈꺼풀 내려앉은 눈을 비비다가 숟가락이 밥을 놓쳤다
산고랑 볕 짧게 드는 곳에서나
문고리에 걸어둘 법한 휘어진 숟가락
한사코 제대로 넣어보겠다고 이 없는 굴로 퍼 나른다

통통마디 손가락 붉게 터진 자리 찰방거리며 그려놓은
저승의 지도
소금 창고, 늘어진 젖가슴에 들여놓고 속 끓인 밭 호미
질하고 살았다
가슴속 염전 밭 햇살 솎아내다가 주저앉은 아랫도리
바들거리다 툭, 또 밥을 놓쳤다
———「폐염전」 부분

시인은 진실을 보여주는 사람이다. "집 나간 아들 기다리
다가 놓친" 밥알들과 "햇살이 파도를 밀어 자글자글 늙어가
며 스러지는" 노인의 밥상 앞에서 덧없고 피상적인 것에 불
과한 경제와 소유 중심으로 돌아가던 우리들 정신에 민중
과 노동과 밥이 들어온다. 시인은 질문하는 존재이다. 대체
무엇이 "속 끓인 밭 호미질하고" "가슴속 염전 밭 햇살 솎아
내다가 주저앉은 아랫도리"를 만들었는가라는 정치경제적
인 질문과 함께 내 안에서 윤리가 천둥처럼 울릴 때, 연민과
슬픔은 의미를 확장시키고 우리를 떨쳐 일어나게 한다. 시
인은 아파하는 사람이다. "숟가락이 밥을 놓"치고 "바들거

리다 툭, 또 밥을 놓"치는 지극히 평범하고도 범속한 일상이 뼈아프게 느껴지는 것은 대지에 생사를 맡기고 생활해온 민초들이 멸절되는 사태로 느껴지기 때문이다. 극성스러운 자본주의가 나날이 파괴한 대지와 대지의 자식들과 전통이 사라진 변방의 한 귀퉁이를 핍진하게 조명함으로써 우리의 질문이 되게 한다.

시인의 눈은 "개발인지 게발인지 아파트 신축부지 조성한다며/고향 밖으로 날아가"라는 현실과 "앞에서 막아도/뒤에서 밀어도/용달차가 울고/경운기 달달거려도/굴착기 돌아가는 소리 요란"(「엄지손가락」)한 농촌에 기울고, "집도 학교도 다리도 붕어 집이" 되고 만 김이박최들의 "금지된 삶"(「물속의 집」)에 기운다. "짧은 대나무 마디로 살다 간 사내의 빈 곳이 있기"에 "대숲이 일렁이는 곳에서 바람 부는 쪽으로/내 마음 기"울고, "내 마음 한 자리 빗금으로 내려앉아 우는 사내"가 있기에 "사선으로 잘려나간 대나무 끝에/가슴을 다치기도" 한다. 그러나 "바람 가는 쪽으로 몸통을 두드리"는 "밑구멍 환한 목어"가 있고, "뽀얗게 먼지 뒤집어쓰고/쓸쓸히 엉덩이를 기다리는 툇마루가 있"(「내 마음 기우는 곳」)어 '그' 혹은 '그들'이 살아 있다.


갈바람이 흰머리를 스치고 지나가자
새 날아간 자리 가지처럼 파르르 눈동자 떨리던 사람
바스락거리는 별을 끌어다가 반짝, 담배에 불붙이던

사람

　산등에 걸린 달을 눈으로 담은 사람

　흙 파인 돌계단에 앉아 찬찬히 처마의 달 그늘을 걷어
내던 사람

　벼 바심 끝난 논바닥에 뒹구는 바람을 끌어다가

　옷깃 안으로 여미던 사람

　문득, 돌아선 곳에서 나를 달빛 든 눈으로 바라보던
사람


　그 사람


　바라보다가 고라니 까만 눈으로 바라보다가 잡으려
하니

　그 자리에 별이 스러졌다

　　　　　　　　　　　　　　　　—「바라보다가 문득,」 전문


　나는 당신을 보고 있다. 나를 바라보는 당신, 주변과 만나
는 당신, 갈바람과 "새 날아간 자리"의 가지와 "바스락거리
는 별"과 "산등에 걸린 달"과 "처마의 달 그늘"과 "논바닥
에 뒹구는 바람"과 관계 맺고 반응하는 당신을. "처마의 달
그늘을 걷어내"다 "문득, 돌아선 곳에서 나를 달빛 든 눈으
로 바라보던 사람"은 내가 만지듯이 바라본 당신이다. 아바
타 종족이 상대를 바라보며 "I see you." 하듯 박경희의 시는

'본다는 게 뭔가'를 새삼 생각하게 한다. 시인의 눈에 담긴 대상을 따라가다 보면 과거가 오늘 이 시간에 재현되는 착각 속으로 빠져들어, 무성하던 자아들의 각축전이 사라지고 동물과 식물과 사람이 무한히 연결된 생명의 흐름 속에서 어디까지가 내 목소리이고 어디까지가 대상의 것인지 경계가 불분명하다.

시인은 "한밤중, 들뜬 벽지를 긁는 지네 발소리"를 듣고, "그대의 눈과 마주치며 떨어지던 눈물, 손등에 부딪치던 소리"(「소름」)를 온몸으로 느끼게 한다. 언뜻 보아 비루하고 하찮은 것들과 순수하게 교환하는 시선이 부딪치는 '이 찰나의 문득'이야말로 존재 자체가 대등하게 참여하는 위대한 순간 아닐까. 기존의 내 시선으로 빨아들이는 것이 아니라, 지금 생성되고 있는 것을 바라보다가 문득 타자와 중첩되는 연기(緣起)의 그물망으로 들어가는 일이 있는 그대로 바라보는 시적 사건 아닐까. 본다는 것에는 초점이 있고 기울기가 있어서, 시인은 "셋방에서 쫓겨"나 "보퉁이 곁에 앉아 담배만 피우는 남자"와 "빚쟁이에게 쫓겨 화장실에 숨은 여자가/눈보라처럼"(「새집」) 뜨는 풍경에 기울고, "폐선 들어선 지 오래"(「폐염전」)인 염전에서 눈 비비고 후들거리다 놓치는 밥숟가락에 기운다.

삼대가 걸쳐 살았던 향나무 꺾인 집을 나오면서 자꾸 뒤돌아본 건 감나무에 걸쳐논 바랜 장대 때문이다 마른

호박 줄기 엉켜 기지개 한번 켜보지 못하고 주저앉은 비
닐하우스 늙은 호박이 땅에 닿을 듯 말 듯 바람 줄기 쥐락
펴락하는 손힘이 빠진 지 오래다

고사리 장마에 고개 내밀다 꺾인 고사리밭은 조릿대가
살얼음빛으로 서걱이고 벙어리 뻐꾸기가 피 토했던 상수
리나무의 그늘이 옷깃을 잡는데 사람 숨소리에 기둥도 반
듯하게 선다는 집, 그러나 처마 처진 지 오래된 아버지의
아버지의 아버지의 집 남의 손에 넘기고 돌아오던 날, 내
눈물을 낡은 양파 망에 담은 장대가 하늘 높아 더 추운 겨
울을 폭, 찌르고 있다 까치가 파먹다 찢어진 홍시가 그대
로 얼어버린 집에서

　　　　　　　　　　　　　　—「아버지의 아버지의 아버지의 집」전문


서구문명을 복사한 지 백년, 근대는 인류를 고향으로부터
절연시켰다. 이제는 '아버지의 아버지의 아버지의 집'에서
살 수 없다. 개체의 힘으론 어찌해볼 도리가 없이 무한증식
하며 막다른 골목에 다다른 자본주의의 횡포는 대도시만이
아니라 변방과 가난하고 늙고 병든 자들에게 무자비하게 닥
친다. 어머니 또한 예외가 아니다. "얼마 안 있으면 온몸에
깃털 꽂고 날아오를" "저승과 문턱이 같은" 나이에 그녀는
허공으로 이사하고, "남아 있는 주름살 땅 밟게 해야지"라는
소망만 간직한 채 "예순다섯에/베란다에 앉아/겨드랑이에/
깃털 꽂고 있"(「하늘 깃털」)다. 개발과 발전의 기치를 높이 든

근대화는 폐선과 폐염전 같은 존재들을 양산했다. 나를 비춰주는 거울인 '수많은 너'들이 빼앗기고 망가지고 부서져가는 한 편안하지 않다. 배 속에 아이를 가진 채 미쳐서 밤낮없이 돌아다니다 실종된 '그녀'는 볼거리나 뉴스거리가 아니라, 바로 내 옆을 지나가던 얼굴과 울음과 춤이므로 "처마에 번진 노을이 그녀의 눈물인 것처럼 꽃잎이 춤을 추"고, "그녀의 집 실종된 봄 안으로"(「실종된 봄」) 비가 날린다.

중학교 일학년 국어 시간, 전투기 날아가는 소리에 한 아이가 전쟁이 났다고 장난으로 던진 한마디에 선생님은 성난 군인처럼 다가와 아이의 머리를 수도 없이 때렸다

'넌 전쟁이 얼마나 무서운 줄 모른다'
'넌 전쟁이 얼마나 무서운 줄 모른다'

때리는 내내 중얼거렸고 아이는 전쟁의 공포보다 무서운 선생님의 폭력에 질려 울지도 못했다 아이의 교복 치마 밑으로 오줌이 흘러내리고, 우리는 숨소리도 내지 못한 채 교과서에 머리만 처박고 있었다
—「그대들의 마디 꺾이는 소리」 부분

강압적이고 폭력적인 방식으로 피라미드적 위계를 세워 '아랫것'들을 탈개인화된 주체로 줄 세우는 권력의 편집증

앞에서 "아이의 교복 치마 밑으로 오줌이 흘러내리고" 그를 지켜보는 다중은 "숨소리도 내지 못한 채" "머리만 처박고 있"다. 원자화된 개인은 권력의 생산물이자 피해자이다. 위계화된 개인들을 통합하는 집단 안에서 찍소리 못 내는 익명의 개인 군상이 늘어날수록 우리 안의 파시즘도 기승을 부린다. 법으로 한계 짓고 교육과 문화가 주입한 심리적인 도피는 인간다움과 원시성과 자발적 질문을 거세하고 통제한다. 그것이 4·3과 5·18과 4·16이라는 재난과 비통한 살상으로서의 "아리고 쓰려서 쓸쓸한" 역사이다.

'개인화'가 넘쳐나는 시대에 박경희는 나눌 수 없는 대지의 공동체와 함께 사는 농민의 삶에 천착함으로써 문자에 갇힌 텍스트를 넘어선다. 말의 원천인 사람들의 몸뚱이, 대지에 새기는 생성 중인 언어, 절단되고 나뉜 개인들의 물밑 공감과 연대와 바라봄, 이 모든 관계의 조합을 통해 박경희는 근현대를 넘어서는 소박하고도 새로운 모더니티를 획득하고 있다. 필요한 것이 많아서 너나없이 결핍된 인간이 되어버린 시대에 숱한 을(乙)들의 육성과 아프고 재미나고 거룩한 삶들은 해학과 골계 속에서 불현듯 육중한 질문을 던진다. 근대가 망가뜨렸음에도 엄연히 살아 있는 대지의 자식인 수수께끼 같은 존재들을 조명함으로써 박경희는 분리와 절망과 열외인간을 양산하고 끝없이 탈개인화하는 근대에서 탈주하고 있는지 모른다. 어쩌면 시를 통해 존재론적이고 넓은 의미의 정치적인 혁명을 수행하고 있는지도.

"나는 둔한 사람보다 빠른 사람을 좋아한다. 빠른 사람보다는 정확한 사람을, 그보다는 용기 있는 사람을 좋아한다. 용기 있는 사람보다는 나는 정직한 사람을 존경한다. 정직한 사람보다는 책임지는 사람을, 책임질 줄 아는 사람보다는 옳은 길을 가는 사람을 존경한다. 그러나 옳은 사람보다는 나는 착한 사람을 더 존경한다." 마종기 시인이 시집 『이슬의 눈』 뒤표지에 쓴 고백이 생각난다. 나는 이 시집이 좋아서 필사해가며 읽었다. 박경희는 느린 사람이지만 일견 촌스럽고 시대착오적으로 보일 만한 시를 쓸 만큼 용기 있고 진실하다. 시와 사람이 일치하지 않는 경우가 허다하나 박경희는 옳은 길을 가는 사람이자 무엇보다 착한 사람이다. 이것이 배 속에 이미 품고 있을지 모를, 아직 태어나지 않은 미래의 시를 믿게 만든다.

金海慈 | 시인

작은 밭을 묵힌 지 7년.

그동안 돌들깨, 도깨비바늘, 왕바랭이, 쇠비름이 자리를
빛냈다.

소소한 것이 인연이 되어

밭을 일구고 있다.

그 밭에 들어가자 나도 돌들깨, 도깨비바늘이 됐다.

소소한 내가 그 안에서 바람에 흔들리고 있다.

2019년 보령 명천에서

박경희

창비시선 436

그늘을 걷어내던 사람

초판 1쇄 발행／2019년 10월 4일

지은이／박경희
펴낸이／강일우
책임편집／최현우 박문수
조판／한향림
펴낸곳／(주)창비
등록／1986년 8월 5일 제85호
주소／10881 경기도 파주시 회동길 184
전화／031-955-3333
팩시밀리／영업 031-955-3399 편집 031-955-3400
홈페이지／www.changbi.com
전자우편／lit@changbi.com